A Galinha dos Ovos de Ouro

Uma vez por semana, o pobre pai ia à praça vender os legumes e as verduras que cultivava numa pequena horta com a ajuda dos três filhos. Eles eram pequenos, mas muito espertos. Desde que a mãe partiu, tinham aprendido a se virar.
Mas aquele dia seria diferente...

COMO ERA SEU ANIVERSÁRIO, O FILHO MAIS VELHO PEDIU AO PAI PARA IR JUNTO ATÉ A PRAÇA, POIS QUERIA UM PRESENTE, JÁ QUE NUNCA HAVIA GANHADO UM ATÉ AQUELE DIA.

— MAS, PELO MENOS, EU TENHO UM PAI CARINHOSO — PENSAVA ENQUANTO PARTIAM.

AS VERDURAS E LEGUMES DO HOMEM ERAM FRESCOS E AS PESSOAS ENCHIAM AS SACOLAS! AINDA ASSIM, ELE NÃO CONSEGUIA MUITO DINHEIRO.
— FILHO, VAMOS COMPRAR FARINHA PRA FAZER PÃO, PEIXES E QUEIJO PRA COMEMORAR O SEU ANIVERSÁRIO... ISSO É O QUE PODEMOS LEVAR HOJE.

ENQUANTO OS DOIS CAMINHAVAM, O MENINO OLHAVA O PRESUNTO E FICAVA COM ÁGUA NA BOCA. JÁ O SEU PAI VIA OS ANIMAIS.
— QUE BELOS CARNEIROS E PORCOS! E OLHA AQUELAS VACAS! SE EU CRIASSE ESSES BICHOS, LOGO FICARIA RICO!

ALGO NO OLHAR DO BICHO PARECIA DIZER:
— COMPRE-ME E VOCÊ NÃO SE ARREPENDERÁ.
ENTÃO, NUM IMPULSO, O PAI TIROU DO BOLSO TODO O DINHEIRO DA COMIDA E COMPROU A GALINHA. E O MENINO, EM VEZ DE PÃO, PEIXE E QUEIJO PARA COMEMORAR SEU ANIVERSÁRIO, AGORA TINHA SÓ UMA GALINHA.

AO CHEGAR EM CASA, DEIXARAM O BICHO NO GALINHEIRO E FORAM PREPARAR O ALMOÇO. BEM, NA VERDADE, NÃO TINHA MUITO O QUE PREPARAR, PORQUE EM VEZ DO ALIMENTO TROUXERAM SÓ UMA GALINHA. ENTÃO, TIVERAM QUE SE VIRAR COM AS VERDURAS E OS LEGUMES DA HORTA.

NO MEIO DA TARDE, O PAI FOI AO GALINHEIRO E, DE NINHO EM NINHO, APANHOU TODOS OS OVOS, ATÉ CHEGAR À NOVA MORADORA.

— VEJA SÓ, JÁ MOSTROU SERVIÇO! MAS QUE OVO ESTRANHO, HEIN? FRIO E DURO!

ELE APROXIMOU O OVO DO LAMPIÃO E GRITOU:
— NÃO PODE SER! ESTE OVO É DE OURO?
— HOJE É O MEU ANIVERSÁRIO, EU VOU VER O OVO PRIMEIRO! — FALOU O MAIS VELHO.
— ESTE OVO VALE UMA FORTUNA! AMANHÃ VAMOS VENDÊ-LO E VOCÊS PODERÃO PEDIR O QUE QUISEREM — COMPLETOU O PAI.
— PAI, VAMOS COMPRAR AS COISAS GOSTOSAS QUE NUNCA COMEMOS! — DISSE O MAIS VELHO.

— AI, EU QUERO UMA BONECA, UM LIVRO E UM VESTIDO TODO COR-DE-ROSA! — EXCLAMOU A GAROTA, JÁ FAZENDO A SUA LISTA.

— E EU PRECISO DE UM CASACO E DE UM NOVO PAR DE SAPATOS PARA NÃO PASSAR FRIO — COMPLETOU O FILHO MAIS NOVO.

NO OUTRO DIA, LOGO CEDO, O PAI FOI ATÉ A PRAÇA. SEUS FREGUESES ESTRANHARAM QUE ELE NÃO TRAZIA CONSIGO AS VERDURAS E OS LEGUMES.
— TEM ALGO ESTRANHO AQUI! — COMENTOU UM HOMEM COM A VIZINHA E FOI REPREENDIDO:
— NÃO SEJA MALDOSO — DISSE SUA ESPOSA.

ASSIM QUE VENDEU O OVO DE OURO, O PAI COMPROU O QUE OS FILHOS PEDIRAM, OUTRAS COISAS QUE ELE QUERIA E AINDA SOBROU DINHEIRO. AO VOLTAR PARA CASA, O PAI DEU AOS FILHOS OS PRIMEIROS PRESENTES DE SUAS VIDAS.

À NOITE, O PAI VOLTOU AO GALINHEIRO E ENCONTROU OUTRO OVO DE OURO! ASSIM, OS DESEJOS DAQUELA FAMÍLIA SE TRANSFORMARAM EM COMIDAS DELICIOSAS, BRINQUEDOS, LIVROS, ROUPAS, ANIMAIS E NA MAIOR CASA DO POVOADO! O PAI LARGOU A HORTA PARA VIGIAR A GALINHA QUE PUNHA UM OVO DE OURO TODO DIA.

MAS O HOMEM QUERIA MAIS:
— ESTA GALINHA TEM UMA MINA DE OURO AÍ DENTRO. AMANHÃ VOU ABRIR A BARRIGA DELA!
— NÃO, PAI! — PEDIU O FILHO MAIS VELHO.
— ISSO NÃO É JUSTO. ELA É TÃO BOAZINHA... — DISSE A FILHA DO MEIO.
MAS NINGUÉM FARIA O PAI MUDAR DE IDEIA...

ENTÃO, O PAI ABRIU A BARRIGA DA POBRE GALINHA E LOGO SE LAMENTOU:
— MAS... COMO?! NÃO HÁ OURO AQUI DENTRO! POR DENTRO, ESTA GALINHA É IGUAL ÀS OUTRAS. PERCEBENDO O SEU ERRO, O PAI DISSE:
— FILHOS, NÃO SEJAM GANANCIOSOS COMO EU FUI, PORQUE QUEM TUDO QUER NADA TEM.